Le goûter
de l'ogre

D'abord, on joue !

Dans cette histoire, il y a un **gros** méchant.

Relie les lettres de l'alphabet pour le découvrir. Attention à toi!

Bravo!

Il fait peur, non?

Voici des mots qui font
« grrr »... Quel est l'intrus ?

gris   gras   gros   grue

groumpf   gloups

Comment s'appelle le héros
de l'histoire ? Pour le savoir,
utilise le code.

I =  / E = / O = / C =

S●m●n, l● ●h●val ●●r

3

Maintenant, on se détend.
Répète après moi !

pif paf zac bim bam boum

Chaque méchant
a sa spécialité.
Trouve laquelle.

L'ogre ●

● transforme
les enfants
en crapauds.

La sorcière ●

● fait rôtir
les enfants.

Le dragon ●

● mange
les enfants.

Simon aussi a
une spécialité.

Trouve laquelle en suivant
les lettres du mot OGRE.

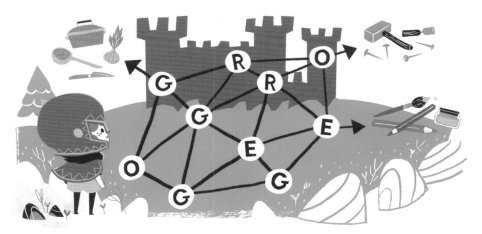

Le titre de l'histoire s'est un peu effacé.
Peux-tu le deviner?

On se détend !

ga gue gui go gu

 Quelle histoire !

 va à l'école des .

Mais il n'aime pas les ,

il préfère les  .

Un jour, l'

mange tous les .

Comment vont-ils s'en sortir ?

Le goûter de l'ogre

Une histoire de Jean Leroy,
illustrée par Rozenn Bothuon.

8

Simon est à l'école des chevaliers.
Il s'entraîne tous les jours avec
son épée.
Mais Simon n'aime pas la bagarre.
Il préfère la peinture.
Alors, en cachette, Simon fait
plein de dessins.

Un jour, l'ogre Gros-Bidon
déboule dans la cour du château.

Le maître crie
à ses élèves :
– Vite ! À vos épées !
À vos boucliers !

Trop tard : Gros-Bidon est le plus rapide !
Miam ! Miam ! Miam !

Le gros gourmand avale
tous les élèves !
Et même le maître !

Dans le ventre de l'ogre, c'est
la panique :
– Oh! là, là! il fait
tout noir là-dedans!

Mais le maître a une idée :
– Montez tous sur
mes épaules!

Soudain, **hic!** Gros-Bidon
a le hoquet.

– Nom d'une saucisse!
Mon repas essaie
de se sauver!

Gros-Bidon court à la rivière.

Et **glou, glou, glou !**
il boit mille litres d'eau d'un coup !

Dans le ventre de l'ogre, **BA-DA-PLOUF!** la pyramide s'écroule.

Il faut trouver une autre idée!
Vite!

Simon sort son pinceau et...
chatouille le ventre de l'ogre !

Bientôt, Gros-Bidon se tortille
comme un gros ver de terre !

– Nom d'une grenouille !
Ça me grattouille !

Gros-Bidon crie :
– Pitié ! Arrêtez !

Mais Simon continue
à le chatouiller !

Gros-Bidon n'en peut plus.
Il tousse, il crache, il vomit...

Vite, c'est le moment! Tout le monde peut sortir!
– **Vive Simon!** crient les élèves.
Vive le vainqueur de Gros-Bidon!

Mais la fête ne dure pas.
Car le maître dit déjà :
– Silence dans les rangs!
Retournez à l'entraînement!
Sauf toi, Simon...

Simon a enfin le droit de faire
de la peinture.
Pourtant il n'a pas l'air très
content.

– C'est pas juste... C'est moi
qui ai battu Gros-Bidon, d'abord !

Fin

Tu as aimé ?

Oui ?

Chouette alors !

Allez, maintenant, on se détend !

Tourne la page...

Comptine

À chanter sur l'air
de *J'aime la galette.*

22

J'aime les p'tits enfants,
Savez-vous comment?
Quand ils sont dodus,
Avec du beurre dessus!
Tra la la la la la la lère
Tra la la la la la la la.

À bientôt !

© 2015 Éditions Milan
1, rond-point du Général-Eisenhower, 31101 Toulouse Cedex 9, France
editionsmilan.com
Loi 49.956 du 16.07.1949 sur les publications
destinées à la jeunesse.
Dépôt légal : 3e trimestre 2016
ISBN : 978-2-7459-7265-1
Imprimé en Roumanie par Canale